um pé de quê?

Seringueira

Ortografia atualizada

*Copyright © 2010, Editora WMF Martins Fontes Ltda.,
São Paulo, para a presente edição.*

1.ª edição *2010*

Coordenação editorial
Fabiana Werneck Barcinski

Acompanhamento editorial
Helena Guimarães Bittencourt

Equipe Pindorama
Alice Lutz
Susana Campos

Agradecimento especial
Luciane Melo

Revisões gráficas
Luzia Aparecida dos Santos
Márcia Leme

Projeto gráfico
Márcio Koprowski

Produção gráfica
Geraldo Alves

Impressão e acabamento
Yangraf Gráfica Editorial Ltda.

**Dados Internacionais de Catalogação na Publicação (CIP)
(Câmara Brasileira do Livro, SP, Brasil)**

Barcinski, Fabiana Werneck
Seringueira / texto adaptado por Fabiana Werneck Barcinski ; ilustrações de Guazzelli. – São Paulo : Editora WMF Martins Fontes, 2010. – (Um pé de quê?)

"Coleção inspirada no programa de TV de Regina Casé e Estevão Ciavatta"
ISBN 978-85-7827-349-1

1. Literatura infantojuvenil I. Casé, Regina. II. Ciavatta, Estevão. III. Guazzelli. IV. Título. V. Série.

10-11951 CDD-028.5

Índices para catálogo sistemático:
1. Literatura infantojuvenil 028.5
2. Literatura juvenil 028.5

Todos os direitos desta edição reservados à
Editora WMF Martins Fontes Ltda.
*Rua Conselheiro Ramalho, 330 01325-000 São Paulo SP Brasil
Tel. (11) 3293.8150 Fax (11) 3101.1042
e-mail: info@wmfmartinsfontes.com.br   http://www.wmfmartinsfontes.com.br*

um pé de quê?

Coleção Inspirada no Programa de TV de
Regina Casé e Estevão Ciavatta

Seringueira

Ilustrações de Guazzelli

Texto adaptado por
Fabiana Werneck Barcinski

Realizadores

futura

pindorama

wmf **martinsfontes**

SÃO PAULO 2010

Apresentação

Minha avó sempre dizia: "Galinha que a gente chama pelo nome não vai pra panela!"

Agora digo eu: "Árvore que a gente chama pelo nome não vai para a motosserra!"

Cada vez mais ouvimos falar em meio ambiente.

Acredito que, aos poucos, as pessoas compreendem melhor que "meio ambiente" não é um lugar lá longe, depois da Amazônia, pra lá da ecologia.

A Floresta Amazônica faz parte do nosso meio ambiente, mas nossa cidade, nossa rua, nossa casa também são, talvez mais ainda, o nosso "meio ambiente".

Se não entendermos logo que as árvores não são umas coitadinhas que estão morrendo lá longe, no mato, e, sim, que são importantes na nossa vida, que estão totalmente integradas ao nosso dia a dia e ao rumo do nosso país, a gente pode se dar mal, como aconteceu na história da seringueira que você vai conhecer agora.

Essa árvore mudou a história do país, balançou a economia de um lado para o outro, e o roubo de uma simples sementinha de sua espécie causou um estrago enorme!

Cada árvore, por mais inexpressiva que possa lhe parecer, tem algo a ver com você, e é isso o que queremos mostrar com esta coleção tão bacana.

Regina Casé

Para qualquer árvore plantada numa floresta, sua nacionalidade é um detalhe.

Não importa a localização ou o "sotaque" dessa floresta.

Mas, no caso de uma seringueira, a história pode ser bem diferente.

Uma seringueira pode chegar a 200 anos de vida.

Durante sua existência ela pode ter sido boliviana, peruana e brasileira.

Se fosse ainda mais velha, poderia ter sido também arawak e inca.

E tudo isso sem nunca ter saído do lugar.

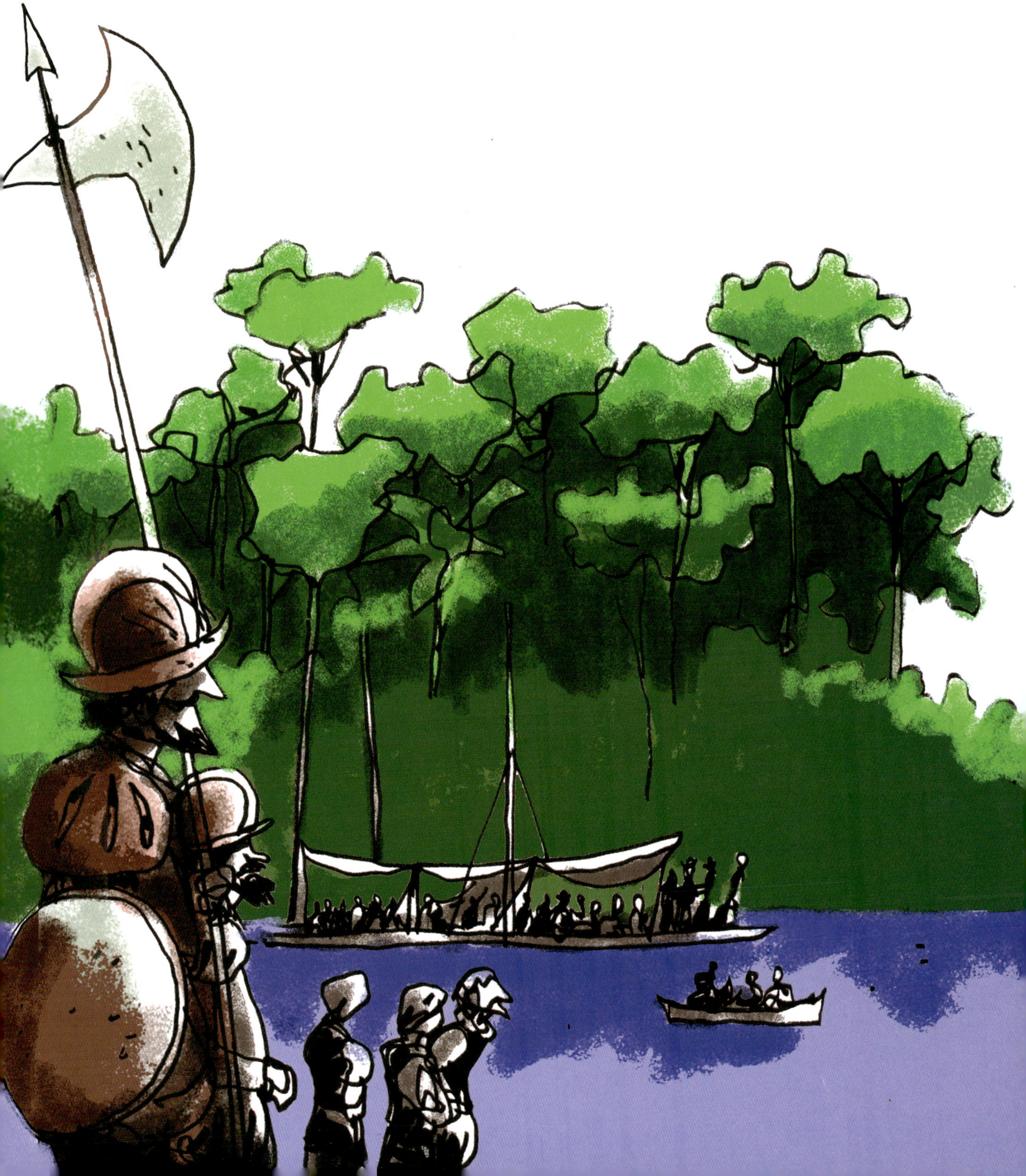

Na verdade, a seringueira pertence a uma floresta, a Floresta Amazônica. Na história de conquista desse território, que já foi inca, arawak, boliviano, peruano, e se tornou brasileiro, a seringueira foi protagonista. Se não fosse por ela, não existiria o estado brasileiro do Acre. Podemos dizer que a seringueira é a mãe do Acre. E, como toda boa mãe, ela dá leite.

O seu leite é o látex, palavra do latim que significa leite.

Foi o látex que chamou a atenção de alguns homens para esse pedaço de floresta no meio da Amazônia. Porque com ele se faz a borracha, produto importante, entre a metade do século XIX e começo do século XX, para o desenvolvimento tecnológico e econômico das sociedades.

Nessa época, esse pedaço de floresta pertencia aos bolivianos e aos peruanos, que lá do alto dos Andes o ignoravam completamente. Aos poucos, alguns brasileiros surgiram atrás da borracha.

E sem perceber estavam criando o estado do Acre.

Seringueira

Hevea brasiliensis

Altura	de 20 a 30 metros
Tronco	30 a 60 cm de diâmetro
Folhas	composta de 3 folíolos
Flores	pequenas e reunidas em cachos
Fruto	grande cápsula com sementes ricas em óleo

Mas, muito antes de existir um estado chamado Acre, muito antes de o desenvolvimento da tecnologia humana precisar tanto da borracha, o látex já era conhecido pelos índios dessa floresta. Quando os primeiros conquistadores espanhóis chegaram, encontraram índios extraindo o leite das seringueiras, que para eles era o "caucho".

E sabe o que eles faziam com o látex? Uma espécie de sapato impermeável, que os protegia quando andavam pelos igarapés e igapós alagados da floresta, evitando que molhassem e machucassem os pés.

Índio fabricando borracha, 1875 | Franz Keller, *The Amazon and the Madeira* [A Amazônia e o Madeira] | J. B. Lippincott and Co., Philadelphia
Biblioteca do Congresso dos Estados Unidos

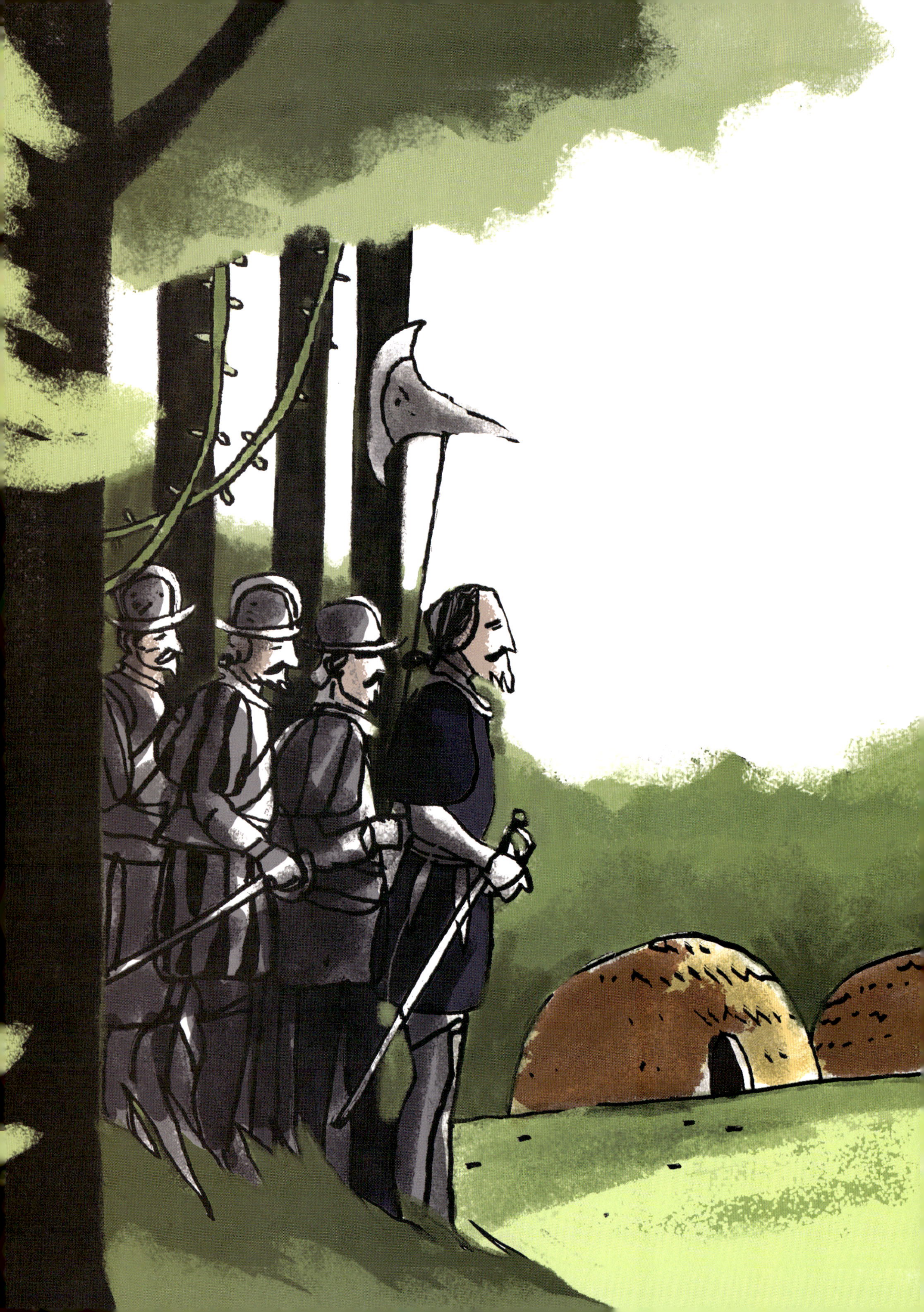

Além de usarem para confeccionar calçados, os índios utilizavam o látex para ajudar a cicatrizar ferimentos, fazer flechas incendiárias e também para uma coisa que hoje em dia qualquer criança adora: bola.

Os espanhóis, quando chegaram à floresta, acharam tudo muito exótico. Eles até gostaram dos sapatos, mas já usavam um calçado mais sofisticado. E a bola, 400 anos antes da invenção do futebol, não despertava mesmo nenhum interesse.

Assim, eles esqueceram o látex e abandonaram as seringueiras nas florestas. Por muito tempo somente os índios se interessaram por essa parte da floresta. E ela ficou ali, esquecida num canto do mapa da Bolívia.

Enquanto isso, em outras partes do mundo, o homem foi desenvolvendo suas tecnologias.

O século **XIX** foi o século das invenções.

Inventaram a lâmpada elétrica, o motor a combustão, o automóvel.

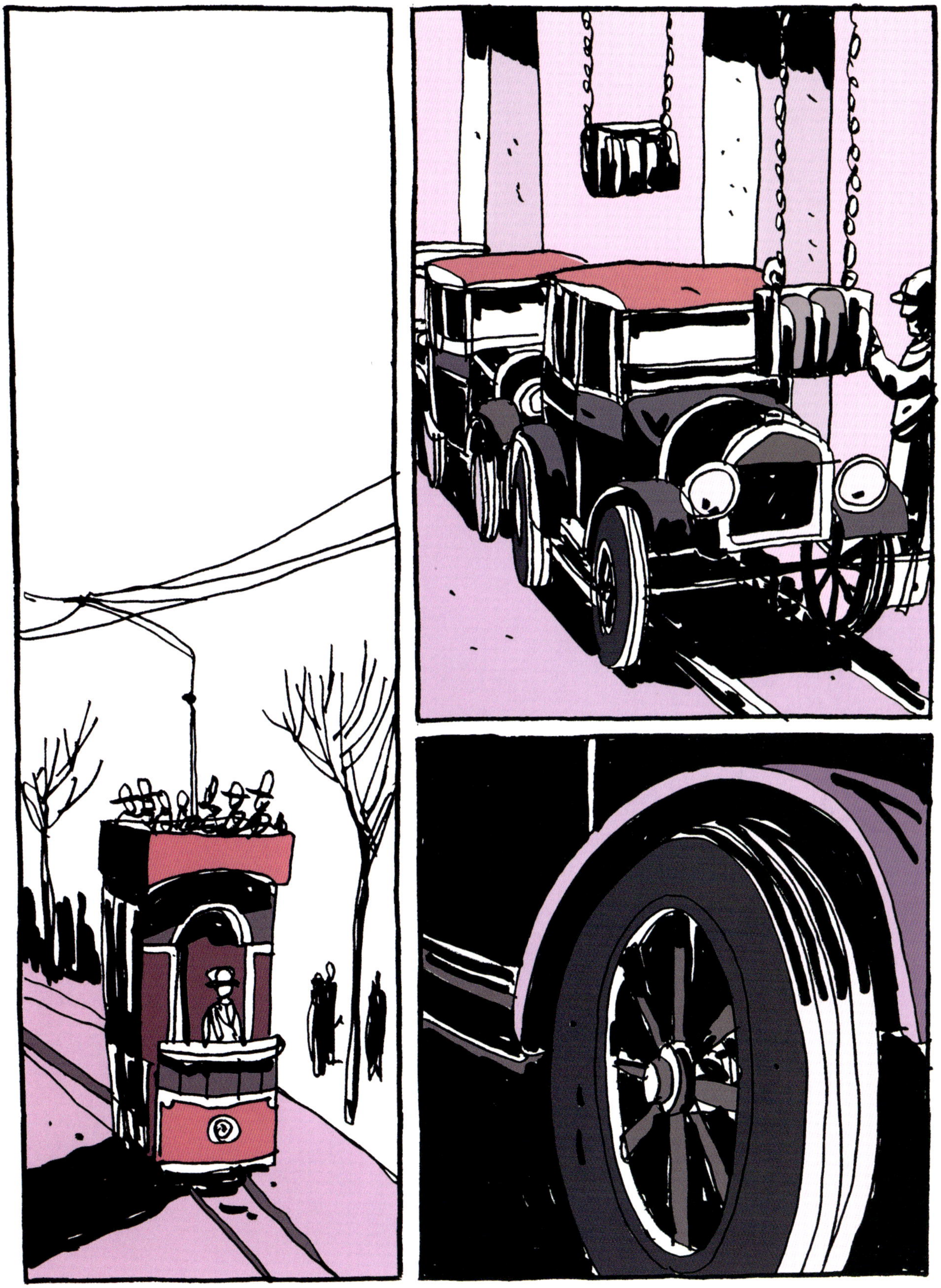

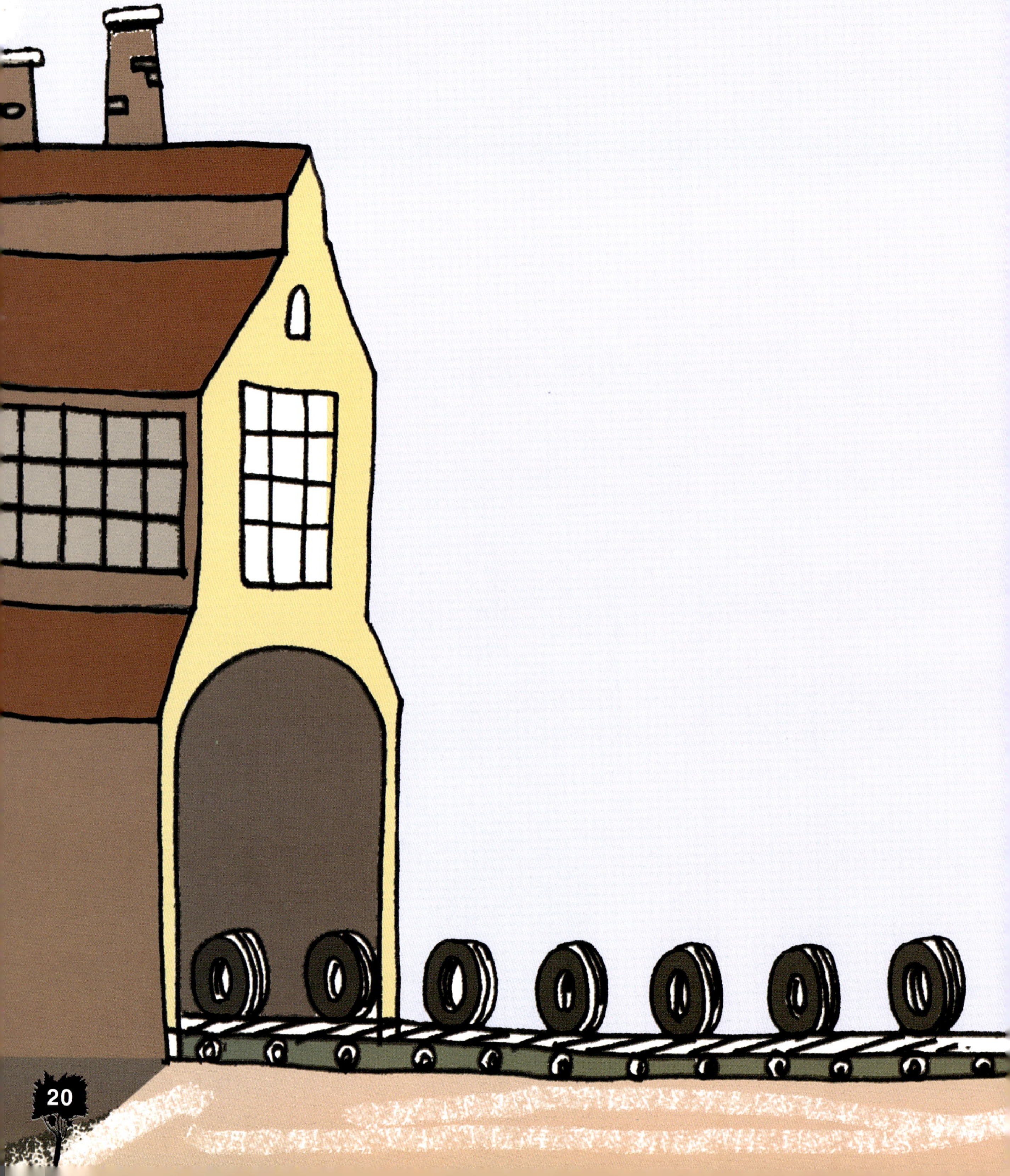

E inventaram também a vulcanização, um processo que transforma o látex em borracha.

Praticamente todas as grandes invenções do século XIX precisavam da borracha. Ela servia para isolar os cabos de eletricidade, para os componentes dos motores a combustão, mas, principalmente, para fazer os caminhões e carros, recém-inventados, rodarem mais macio pelas estradas que estavam sendo construídas.

Hoje são produzidos 2 milhões de pneus por dia no mundo. Setenta por cento da borracha brasileira é utilizada na produção de pneus.

Foi aí que as seringueiras viraram objeto de cobiça.

De repente o homem branco começou a se embrenhar na Floresta Amazônica atrás do látex.

As seringueiras nascem na margem dos rios e em lugares inundáveis da mata.

Ocorrência natural

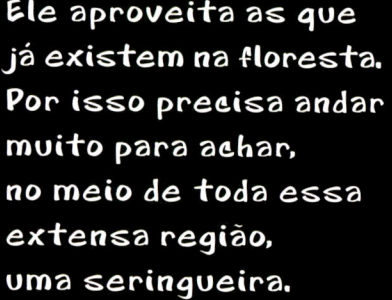

Um seringueiro não planta a árvore que lhe dá o sustento.

Ele aproveita as que já existem na floresta. Por isso precisa andar muito para achar, no meio de toda essa extensa região, uma seringueira.

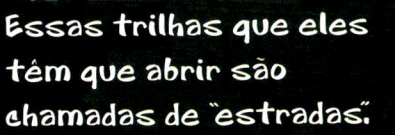

Essas trilhas que eles têm que abrir são chamadas de "estradas".

A maneira
como se extrai o látex hoje
não é muito diferente daquela que
os índios utilizavam na época do descobrimento.

Eles chamam de "sangrar a árvore". As árvores prontas
para a sangria devem ter um tronco com pelo menos 45 cm
de circunferência e uma casca com 6 mm de espessura.

Após fazer cortes em tiras diagonais na casca, o seringueiro prende uma pequena cumbuca ao tronco para a coleta do látex.

O seringueiro tem enorme responsabilidade nesse processo para que a árvore não se danifique e em 20 a 30 dias possa ser cortada de novo. Nesse intervalo de tempo sua casca já é capaz de se regenerar e ficar lisa e pronta para nova sangria.

Quando os estrangeiros chegaram ao Brasil, o deslumbramento causado pela riqueza que a borracha proporcionava era enorme.

O porto de Manaus estava conectado diretamente com os maiores portos da Europa, o que fez com que a Amazônia entrasse com destaque no mapa-múndi.

Porém, mais do que borracha, a floresta começou a produzir milionários excêntricos.

Os seringalistas e exportadores de Manaus estavam ficando tão ricos, que mandavam lavar seus lençóis em Lisboa.

Grandes atrações de ópera vinham da Europa só para se apresentar no famoso teatro de Manaus, o mais luxuoso da época.

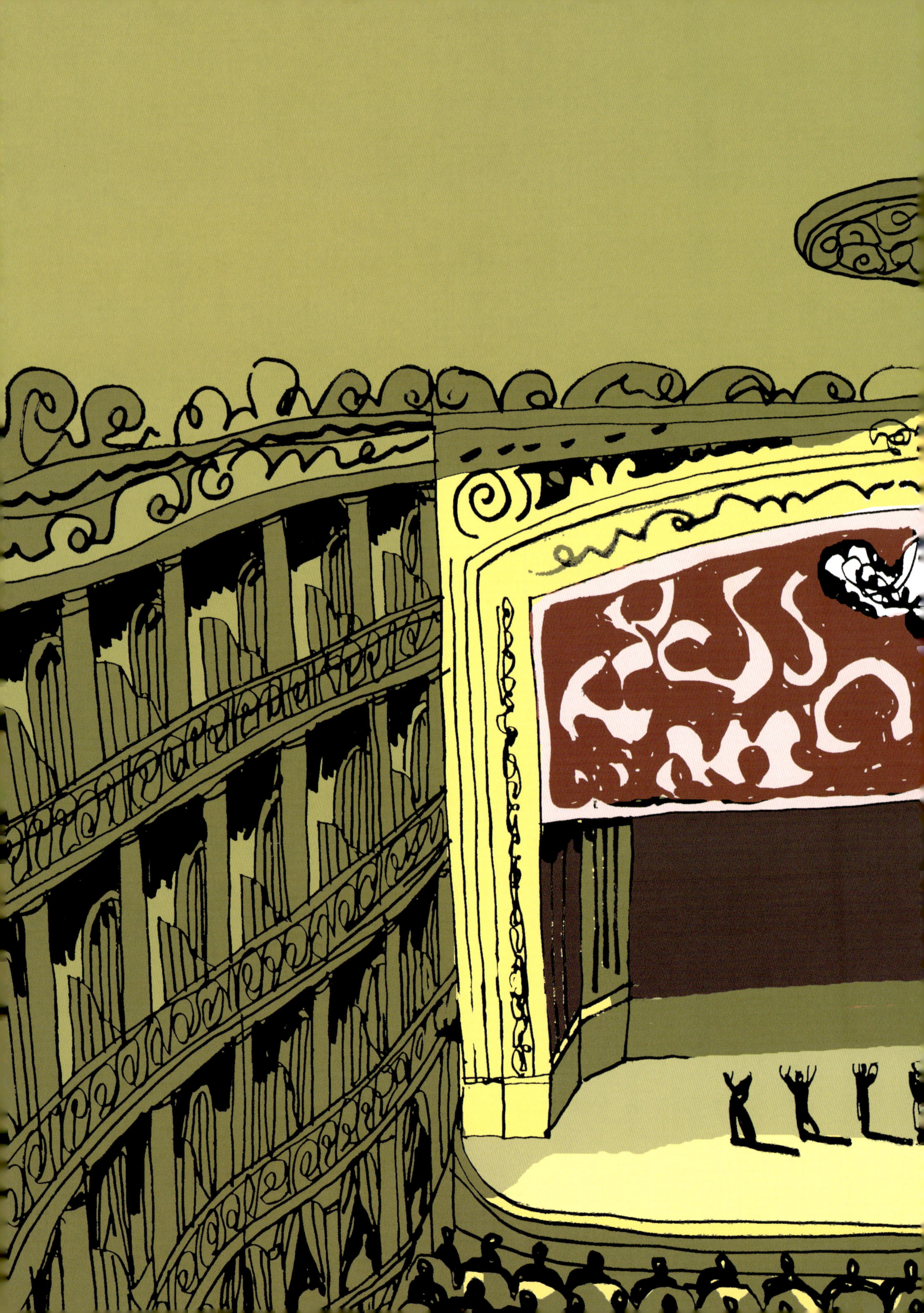

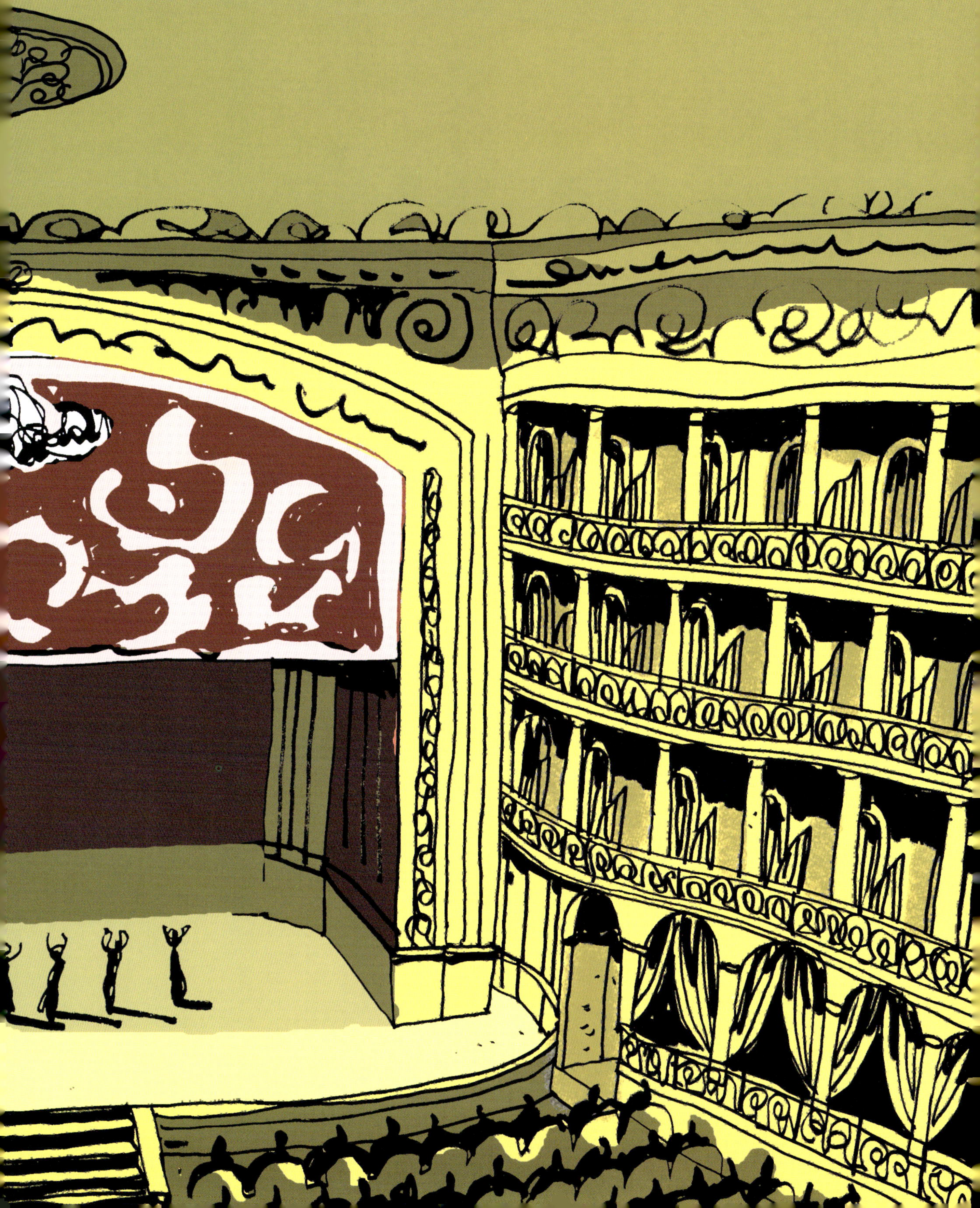

Justamente na época do *boom* da borracha, na década de 1870, o nordeste brasileiro sofria uma de suas maiores secas. Os nordestinos viram no látex a sua chance de sobrevivência. Assim, eles invadiram esse pedaço da Bolívia e se embrenharam pelo mato.

Mas, quando os bolivianos perceberam um monte de brasileiros ganhando dinheiro com as suas seringueiras, acionaram os cobradores de impostos. Os brasileiros se revoltaram e foi aí que começou a existir um lugar chamado Aquiri, o Acre.

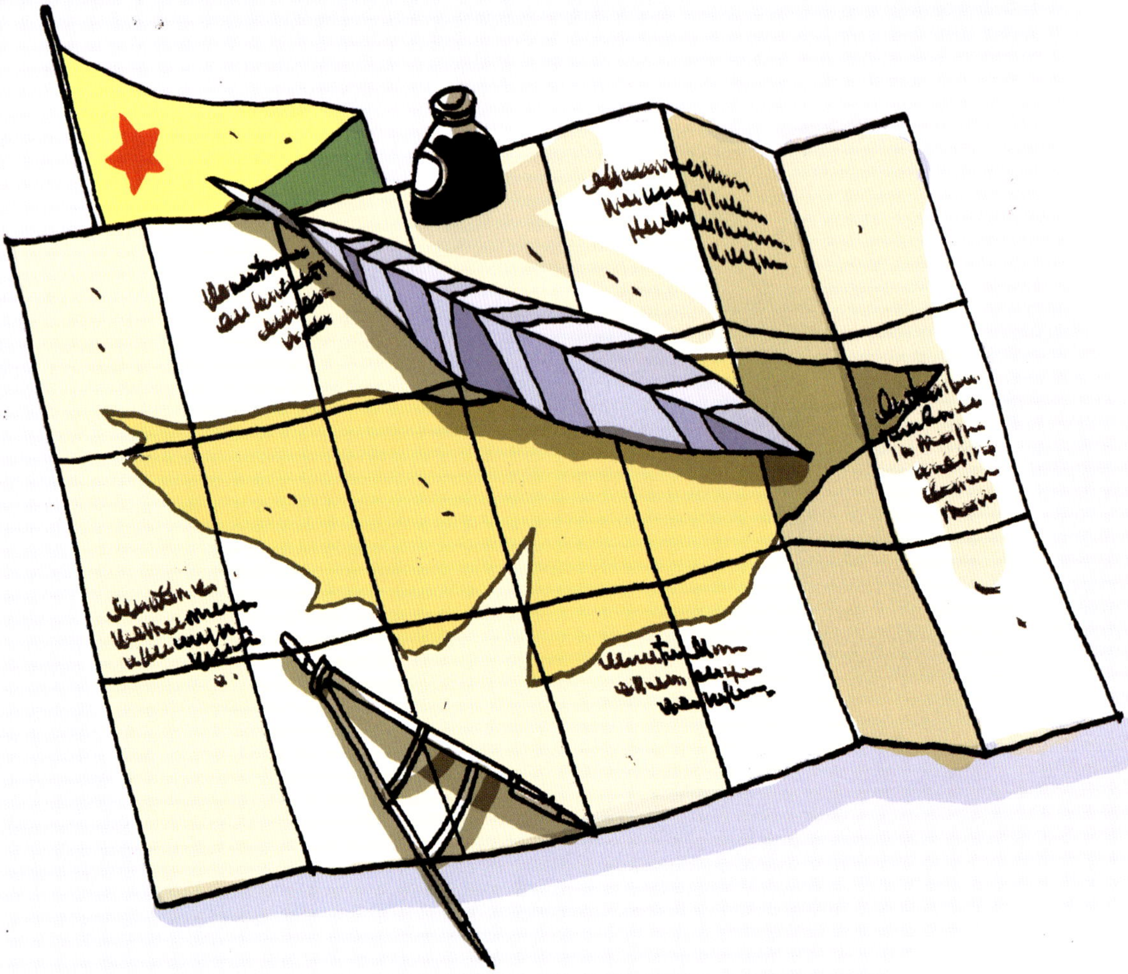

Foi o governo de Manaus que financiou as primeiras tentativas de independência da região, afinal, quanto mais borracha o Amazonas pudesse escoar, maior a riqueza. E o que não faltava no Acre era seringueira.

O desbravamento da Amazônia foi um dos primeiros empreendimentos feitos no Brasil sem a ajuda do trabalho escravo.

Depois de muita luta contra os cobradores de impostos bolivianos, os brasileiros da floresta, os seringueiros, se rebelaram.

PÁTRIA E LIBERDADE

Inspirados pela Revolução Francesa, eles ansiavam por um território independente.

O líder deles era o jornalista espanhol Luiz Rodrigues de Arias Galvez.

Para alguns, ele foi um louco; para outros, um herói.

Galvez tinha a simpatia e o apoio financeiro do Brasil, mas bastou ameaçar um boicote da borracha para ser derrubado pelo próprio governo brasileiro.

As terras foram devolvidas para a Bolívia.

Até que, em 1902, o militar brasileiro Plácido de Castro chegou com seu lendário "Exército de Seringueiros" e venceu os bolivianos, proclamando outra vez o Estado Independente do Acre,

que, no ano seguinte, foi anexado ao Brasil pelo Tratado de Petrópolis.

Mas, enquanto o Brasil colhia seus frutos e gastava seu dinheiro, milhares de pés de seringueira estavam crescendo na Malásia, muito longe daqui. Eles chegaram lá 50 anos antes, em forma de sementes, contrabandeadas por um comerciante inglês: Henry Wickham.

Esse comerciante, ou contrabandista, foi o responsável pelo fim dos sonhos de riqueza do Brasil com a borracha. Ele escondeu sementes da *Hevea brasiliensis* dentro de animais empalhados e despachou para a Inglaterra para serem cultivadas. De lá, levou as mudas para a Malásia.

Quando as seringueiras do extremo oriente começaram a produzir, dominaram o mercado internacional. Em 1910 o Brasil respondia por 50% da produção mundial de látex.

Quinze anos depois, sua participação no mercado já era menor do que 5%.

A essa altura o Acre já era território brasileiro. O ciclo da borracha acabou de repente e levou muita gente à falência, mas deixou uma herança muito boa para esse estado: mais de 80% de seu território é de floresta preservada.

Não é de estranhar que o estado do Acre seja exatamente do mesmo tamanho que os seus seringais. Ele foi criado de acordo com a incidência de seringueiras na floresta.

Mais ou menos assim: até onde existe seringueira é Acre. A gente pode dizer que o mapa do Acre foi desenhado pelas "estradas" dos seringueiros.

Foto: Silvestre Silva/Samba Photo

Fotos arquivo Pindorama

Filmar na Amazônia foi um grande desafio para a nossa equipe: as chuvas, o calor, os mosquitos, as distâncias, os carrapatos minúsculos... Mas nada disso tirou o encantamento pela floresta e o desejo de todos nós de estar ali, naquele lugar, naquele momento. Eu me lembro bem das mágicas noites no Seringal Cachoeira, em Xapuri, terra de Chico Mendes. Ou dos banhos nos igarapés em torno de Manaus. Sem falar do cheiro das frutas no Mercado Ver-o-Peso, em Belém. Nunca vou me esquecer de um almoço numa localidade remota do Marajó, uma hora de barco depois de Porto de Pedra, onde comi uma das melhores comidas de minha vida: camarão seco, farinha e açaí.

Foi um momento de descobertas. Muitas maravilhosas, mas uma terrível: cerca de 80% da extração de madeira da Floresta Amazônica tem como destino o mercado nacional. Ou seja, não estão levando nossas riquezas naturais para fora do Brasil. Somos nós que estamos consumindo e devastando nossa Floresta. Espécies como a Sumaúma são utilizadas na fabricação de compensados ou formas de cimento na construção civil. O *deck* de Ipê das nossas piscinas ou os móveis de Maçaranduba de nossas casas fazem parte de uma estatística nada favorável ao futuro da Floresta Amazônica. Ou seja, quer preservar a Amazônia? Comece em casa.

Estevão Ciavatta

Regina Casé é premiada atriz e apresentadora com uma vitoriosa carreira, iniciada em 1974 com o *Asdrúbal Trouxe o Trombone*, grupo de teatro que revolucionou não só a encenação brasileira, mas também o texto e a relação dos atores com a maneira de representar. Ela, no entanto, há muito tempo extrapolou em importância o ofício de atriz, para transitar no cenário cultural brasileiro como uma instigante cronista de seu tempo. Ainda no teatro Regina se destacou nos anos 1990 com a peça *Nardja Zulpério*, que ficou 5 anos em cartaz. Teve ampla atuação no cinema, recebendo diversos prêmios nacionais e internacionais com o filme de Andrucha Waddington, *Eu, Tu, Eles*. Na televisão, Regina marcou a história em telenovelas com sua personagem Tina Pepper em *Cambalacho*, de Silvio de Abreu. Criou e apresentou diversos programas, como *TV Pirata, Programa Legal, Na Geral, Brasil Legal, Um Pé de Quê?, Minha Periferia, Central da Periferia*, entre outros. Versátil e comunicativa, é uma mestra do improviso, além de dominar naturalmente a arte de fazer rir.

Estevão Ciavatta é diretor, roteirista, editor, fotógrafo de cinema e TV. É sócio-fundador da produtora Pindorama. Formado em 1993 no Curso de Cinema da Universidade Federal Fluminense/RJ, tem em seu currículo a direção de algumas centenas de programas para a televisão, como os premiados *Brasil Legal, Central da Periferia* e *Um Pé de Quê?*, além dos filmes *Nelson Sargento no Morro da Mangueira* – curta-metragem sobre o sambista Nelson Sargento –, *Polícia Mineira* – média-metragem em parceria com o Grupo Cultural AfroReggae e o Cesec – e *Programa Casé: o que a gente não inventa não existe* – documentário longa-metragem sobre a história do rádio e da televisão no Brasil.

Eloar Guazzelli Filho é ilustrador, quadrinista, diretor de arte para animação e *wap designer*. Além dos prêmios que ganhou como diretor de arte em diversos festivais de cinema, como os de Havana, Gramado e Brasília, foi premiado como ilustrador nos Salões de Humor de Porto Alegre, Piracicaba, Teresina, Santos e nas Bienais de Quadrinhos do Rio de Janeiro e de Belo Horizonte. Em 2006 ganhou o 3º Concurso Folha de Ilustração e Humor, do jornal *Folha de S.Paulo*. É mestre em comunicação pela ECA (USP) e ilustrou diversos livros no Brasil e no exterior.

Fabiana Werneck Barcinski é mestre em História Social da Cultura pela PUC-RJ, autora de ensaios e biografias de artistas visuais como Palatnik, José Resende e Ivan Serpa. Editora de diversos livros de arte, entre eles *Relâmpagos*, de Ferreira Gullar, e *Fotografias de um filme – Lavoura arcaica*, de Walter Carvalho. Em 2006, fundou o selo infantojuvenil Girafinha, do qual foi a editora responsável até dezembro de 2009, com 82 títulos lançados, alguns premiados pela FNLIJ e muitos selecionados por instituições públicas e privadas. Escreve roteiros para documentários de arte e é corroteirista dos longas-metragens *Não por acaso* (2007) e *Entre vales e montanhas* (pré-produção).